鋏と三つ編み

川窪亜都

七月堂

目次

鋏と三つ編み

綺麗な本当の言葉を使っているわたし、わたしたちへ

きみの水晶体に映る景色は歪んでいるけどそれはわたしと何の関係もないからいいね
わたしはいつでも清潔できみはいつでも汚い
わたしは本当の言葉だけを話す、きみは嘘ばかりをついている

明け方にコンクリートの道を歩く
水溜りの表面に電信柱がゆらゆら浮いている
雲の底に電線がぴたりと貼り付いている
ざらざらとした文京区のマンホールで大根をおろして食べる
ガードレールの擦り傷を舐めるとパクチーの味がする
指でハートを作った右手を掲げるとピザハットの配送バイクが止まってくれる

肘をめくった空洞に胡桃が1粒入っている
お腹の中ではエリマキトカゲを飼っている
５０メートルある舌を器用に口の中に収納している
眼はカマキリの交尾を見るためにある
耳は喃語を聞くためにある
頭の中はがらんどうで何もない、と気がついたのは１８歳の時である

くしゃくしゃになったサランラップのような洋服を着ている
東京都民なのに佐賀県にある古本屋のカバーがかかった文庫本を読んでいる
ドブ川みたいな色をしたお茶を好んで飲んでいる
インドカレー屋のナンを食べきれない
2本立て映画の2本目で必ず寝てしまう
バイバイではなくてさらばと言って別れる

氷の溶けかかったアイスコーヒーをストローでかき混ぜると、本当の言葉で話したかった人たちの泣き声が聞こえてくる
カラカラカラと泣いている
わたしはその音に耳をそばだてている
カラカラカラカラと泣いている
わたしも本当は嘘ばかりをついている
カラカラカラカラと泣いてみる
ぽとんぽとんぽとぽとん、と涙がグラスに落ちていくことに気がついたときにはその涙すらも嘘になっている
わたしの鼻から伸びる鼻水はキラキラと汚い
だからわたしは嘘をついてばかりのきみのことも汚いきみのことも責めることができない

素晴らしい映画を見て何も言えなくなる
美味しい物を食べて語彙力を無くす
絵画に感動して言葉が出てこない

かけるべき言葉が見つからない
伝えたい言葉に限って喉によく詰まる
神様について何も語れない

さびしい街の十字路で

いくつかの十字路を右に二回、左に三回曲がって、交差点で偶然に出会った、ただそれだけだった
わずか四年間で人が大きく入れ替わる、さびしい街でのことだった
右に三回、左に一回曲がって、シェルターを見つけた
右に二回、左に三回曲がって、隕石が落ちてきた
右に一回、左に二回曲がって、やわらかな眼差しを手に入れた
数字の連なりでつかんだ偶然を奇跡と称揚するのはフィクションの見過ぎであった
流れ星が空を横切るのもよつ葉のクローバーを発見するのもほんとうは無機質な数字のせいであったのだ
わたしの生活にはエンディングロールが流れなかった

始まりも終わりも持たない毎日を過ごす哀れなわたしたちにとって偶然が無機質であること
は救いだった
のっぺらぼうな街に目と口と鼻を描いてみると、さびしい街を丁寧なやりかたで愛していけ
るような気がした
大切にしたいものをどんなにたくさん抱えていたって人はみんな死んでしまうことがなんだ
かとても悲しく思えて、近所の家から流れてくるみりんと醤油を煮詰めた匂いを言い訳にし
て少しだけ泣いた
駅前の大きなビルが来月には取り壊されてしまうことは全く悲しくなくてなぜならそれは、
わたしがそのビルのことをそこまで好きではなくて執着がなかったからであった
悲しくないことは良いことじゃない、悲しいことがなんだかたくさんあるように感じるわた
しは偶然に産み落とされてしまった世界に大切なものをたくさん見つけることができてそれ
らが世界とわたしを強く結びつけていた
ほんとうのことを話す代わりに天気とか季節とかの話をしていた
修学旅行のバスのなかでクラスメイトの話す声を聞きながら一人で眺めていた窓からの景色
のことを思い出した

歩行者用道路を歩いていた小さな女の子が窓辺にいるわたしに手を振ってくれて手を振り返した、ただそれだけだった

旧校舎の窓際で、一人でお昼ご飯を食べていた高校二年生のときのことであった

大学三年生のわたしは大教室の、前から三列目の窓際の席でカーテンを開けたままにして授業を受けていた、窓から景色が見えると安心していられた

ビルの外階段に立って十字路を行き交う自動車をいつまでも眺めていた

排気ガスが尾を引いてさびしい街に痕跡を残していった

わたしたちの吐息もさびしい街に曲線を引いていった

十二月の雑踏でわたしたちが祈るのならば

右耳の聴こえなくなった有線イヤホンで音を流し続けている
右耳に知らない人の話し続ける声が、声が、声が
左耳にわたしが会ったこともない人の歌い続ける声が、声が、声が
SNSが無かった時代の待ち合わせのことを考える
わたしの悲しみは泥濘を取り除いてもありきたりだったので嫌気がさして涙も出ない
か な し み
と人が発音する
か な し み
と震える音を聞く

始発電車を待つ街
胎児を宿した女性の膨らんだ腹
始業を告げるチャイムが鳴る、その少し前の小学校
の
ように
わたしがいられたのなら
の
ように
わたしたちがいられるのなら

沈黙のざらざらとした音をいつまでも耳に残していたいのに
ため息の風をいつまでも浴びていたいのに
泡を付けた食器と食器が奏でる高音をいつまでも聞いていたいのに

わたしの企みは挫折してしまう

今年もおそらく除夜の鐘が、規則正しく鳴り続けるために
そして新しい年がわたしたちを襲うために

諦めの悪いわたしはそれでも
喧騒のなかの静寂をポケットに拾い続けている
ポケットから静寂があふれると、天使がわたしを迎えに来る
抱えきれなくなったものたちを持ってくれる
でも
天使はわたしをどこにも連れて行ってはくれないのだ

わたしは羽を持たないから、天使を追いかけられない
わたしたちは羽を持たないから、空を飛んでゆけない

重い二本足を引きずって、地面をのそのそと進む
地面とラバーソールのこすれる悲鳴を聞く

ハシブトガラスが空をつんざくように鳴く
わたしの嗚咽が右へ左へそして街に溶けていく
枯れた喉と腫れた瞼を労れるのはわたし自身しかいないのだ、という事実がわたしを強くさ
せまた弱くする

か　な　し　み
という四文字の涼やかな響きのなかにわたしたちは抱擁される
か　な　し　み
という喉の震えはわたしたちに許された特権である
か　な　し　み
と発音することのできるわたしたちを天使たちが指をくわえて見ている

十二月のことである

はじめの一瞥のように透明な光を持つ

正午は白く途方もないほどに長い
シャワーの水滴が拡散する温度を抱いている
わたしの皮膚が跳ね返す水が息をする
深く空気を吸い込むと濁る
透明ではなくなってもどうかここにいさせてほしい
天井にたまると雨を降らせる
窓のガラスに光が伸びる
うつくしい日がわたしの瞼に戻ってくる

たまごを温めているときに羽を毟らないで

白米を食べているときに怒鳴らないで
うたた寝をしているときに噂をしないで

閉じた瞼を指でなぞると曲線が生まれ
灰色に白を引っ掻いた平面で深い灰色がちらちら揺れる
指を垂直に動かすと深い灰色は水玉になり
膨らんで散らばっていく
無数の点を追いかけてももう元には戻らない
ソフトコンタクトレンズは肩身が狭そうにしている

深い灰色を集めて歪なかたちを眺めて食べる
隆起は舌のうえに溶けていき
ツツジの蜜の香りを残す
すべて溶けると丸いミルク飴が現れる
乳臭い甘さは唾液と混ざり合って

喉の奥
奥へと流れていく

ミルク飴には金属片が
いつもひとかけらだけ混じっている
それに気がつくたびに眼球の血管は少しずつ切れていき
痛みに耐え切れなくなると
ついには瞼を開けてしまう

いつか来る朝に透明な光を待っている
わたしのポケットにはやはり丸いミルク飴が入っている
街角に少女のわたしが通り過ぎると
その小さくやわらかな手にミルク飴を手渡す
くるくるとした細い髪の毛を見て
リボンを巻いてあげればよかった

とわたしは乳白色の後悔をする
少女のわたしは手渡された飴を不思議そうに見て
こんなものはいらないと言う
お腹が空いたときのために持っておくといいと答えると
納得がいかなさそうに頷く

少女のわたしは黒い夜にミルク飴を舐める
隠された金属片のことは教えないままでいる
傷ついた瞼を開けてしばらくするとうつくしい日が来る
うつくしい日が瞼を癒すとわたしは透明な光を見られるようになり
その透明さに混じる濁りさえも恐れず見られるようになる

幼いわたしが折り残した金色の折り紙をつづら折りにする

あたたかい日の午後に散歩に出ればよかった　桃色のワンピースが憧憬のなかに溶けて　電信柱につながれたままの柴犬が照れくさそうな顔をした　きみが春と発音したときにはもう向日葵が咲き始めていた　丸と聞いていちばんにわたしはドーナツを思い浮かべたけれどきみは白玉団子を思い浮かべたらしくてわたしたちはやっぱりいつまで経っても分かり合えないみたいだった　もっと正確にいえばわたしは　きみが思い浮かべた白玉団子をきな粉や餡子や醤油でいろどることがどうしてもできな　くて　きみは　わたしが思い浮かべたドーナツにさらさらした砂糖や桜色のチョコレートをかけることがどうしてもできなく　て　その瞬間からわたしたちの関係はまん丸いお月さまから　寝そべることができないように意地悪なでっぱりが付けられた公園のベンチに変わってしまったようだった
空気がうす　く　なる　鼓動がはやくなる　肩で大きく息をするきみを見ていられなくて喉

の奥が絞られた雑巾の悲鳴をあげて　わたしは駅前広場を三周して　きみは50メートルプールを二往復した　蚊取り線香が煙をあげきって夏休みの終わり　お祭りの屋台で取ったプラスチックの石がきらめいて　はじめて泣くことを許された　喫茶店のクリームソーダのさくらんぼがアイスクリームのうえで流れてガラス板のなかに珈琲豆が敷き詰められたテーブルのうえに落ちて水の入ったグラスの表面が波を打った　クリームソーダを飲み終わるあいだにも窓越しにはくっきりとした黒い生活の影がいくつも　横切ってわたしは旅人になる　公園のブランコに揺られながら影を数えているとと影を持たないおじいさんが通り過ぎてふとわたしのほうを見て　いくつになってもブランコは楽しいもんなと言って再び歩き出したとたんにわたしは薄ぼんやりとした影を持ちはじめた　さっきの喫茶店のマスターがかすみ草の花束を持って目の前を歩いていった　駅へと続く道とわたしの影を踏みながら通りゆく人を眺めるとさっきまで黒かった影たちは花火のにぎやかさを持ちその頃にはもう　かつて流したわたしの涙の一粒はすでに遠くなっておりいつか海辺で拾い集めた貝殻の行方もいまではすっかり分からないのだけれどそれは悲しいことなのか　と問われるとべつにそうではなくてむしろ喜ばしいことのような気がして欠伸が出て　そうだ昨晩はねむれない夜だったのだと思い出した　あちこちで紐が絡まってほどく術を知らず昨晩の黒はうんと黒く

清潔な呼吸を繰り返した先に完全な球体に出会える保障もないことが突然こわくてたまらなくなり　どうして？　昨日までまったく大丈夫だったじゃないと言いきれてしまう人は北極の氷が溶け続けるのを試しにいますぐ止めてみてください　眼球にごく細い針を刺すと黒目がかがやきを増して黒目と白目のさかいめから百合と薔薇を混ぜた匂いの液体が出てくることだけが救いだったと言い切　りたいけれど救いが存在すると簡単に言えてしまう人の胡散臭さにわたしは人一倍敏感でいたいから言い切るのはやめて　その液体を香水として手首の裏と首筋に振るとすこし愉快な気持ちになれるのだと結論付けて駅に着いて　電車に乗るためのカードをすぐに見つけ出せず自動改札の前でしばらくモタモタしたあとで無事にカードと再会を果たして改札をくぐり抜けた　ホームで電車を待つ　電車が到着するまであと五分ある　あのあたたかい日の午後にきみと散歩に出ればよかった

祈り苛立つ夜を数えて

表皮の下で小さく黒い虫が蠢いて潰す
分裂する、深夜三時の女神は洗い残した食器を洗ってくれる
裂ける、スーパーマーケットで檸檬を買う
選ぶ、傷がついていないものを探す
転ぶ、選んで選ばなかったものたちを殴る
走る、死屍累々を踏みしだいてゆく
からだが重心を失いはじめる

ときめきが散逸してしまわないように
より集まっているグレープフルーツの

赤い粒が境界を侵す
わたしの吸う息にまで流れ込んでくると
吐く息が送りだされるのは一拍遅れ
そのあいだにわたしの語彙は
やや真実味を増して
飲み込んだ唾はカルピスソーダの味がする

電信柱の膝にはピンクの切り傷があるけれど
絆創膏が見つからない
手当てができない
肉体と肉体は擦れ
洗濯機が回るのと同じ音を鳴らす
電波の入らない
遠くの惑星まで行きたくて
山手線に揺られている

わたしはどうしようもなく
地球にいる

円が回り続ける
線香花火は弾けて追懐の匂いがする
黄ばんだアルバムのなかに
よく似た顔を見つけるたびに
わたしの胸は張り詰める
ガードレール越しに見るタクシーは
足元の雑草とはまた異なる深い緑色をしている
地下鉄の出口で顔を上げると
日頃わたしたちを覆う青の
ひと粒ずつが乱舞して
脳髄を混乱させる

増殖を続ける青よ
きみの吐く息が混じるこの星の空気はうつくしい
そのうつくしさを証明するために
わたしは呼吸をやめないだろう
新しい憂鬱がきらめきながら上っていく
けたたましい目覚まし時計の音が鳴ると
きみの悩みは朝露に溶けて
街路樹の葉をうるおわせてゆく
わたしの視界は段階を追うようにして乱れ
万華鏡が通りを映す
見覚えのある顔が横切り
苗字を思い出せなくて
かかとのひび割れから星が流れる

触れるといまにも崩れてしまいそうな景色を歩く

線路の上で電車の高さをカラスが走る
午後の子音は燦然として
澄んだ空気を駆け回る、バタークリームケーキの入った
箱にかけられたリボンのようだと笑う
眉毛が二ミリ動く
わたしにだけ座高をこっそり教えてほしい
指先で描き続ける円よ、終わるなと願う
野原の裂け目を目指して歩くうちに
スニーカーの紐はほどけて
結び直すために立ち止まらざるを得なくなる

しゃがんだ足元にいた
てんとう虫の赤さを覚えていようと思う
一昨日の夕ご飯が思い出せない速度で進む
陽だまりのなかに裂け目があるのを
見つけて胸を撫で下ろすと
白いわだかまりは夕陽に溶ける
肌を撫でる温度は下がり
上着を取り出す人々を眺めているわたしは
食器用洗剤を買わなくてはならなかったのだ、とようやく気がつく
ドラッグストアに並ぶ極彩色を視界で捉えて
目線の高さの小さな鏡に反射する右目と目が合う
果実にぎっしりと詰まった小さな粒のひとつひとつが
破裂する音を左耳で確かに聞いた十年前の暑い夏の日のことが
ふいに脳裏を掠めてオレンジの香りの洗剤を手に取る
アイスクリームが詰まった冷凍庫の横を通り抜けてレジへと向かう

街の空はとうに低くなっており
曖昧な色をして浮かんでいたはずのアドバルーンも
もうどこにも見当たらない
振り子のように揺れるビニール袋だけが
わたしのありかを教えている
瞼が覆いかぶさる、まばたきをする
街灯のともる街が高く跳びはねる
友達の残像におおきく手を振って
この円環は閉じることがないようだ、と
目くばせをして分かり合う
星が光るのをやめない
わたしは横隔膜をゆっくりと上下させることを繰り返す
ときどき顔を見合わせてはひどく安堵して
成った木の実を数えたりなんかして暇をつぶしている

沈黙の彫刻

文庫本の薄焼けた二十一頁が陽にすきとおる
活字の黒をスポイトですくい集めて飲み干すと
かたちを目指して粘土をこねる手つきが一度止まって
網膜をうるおわせる静けさの表面を撫でる
手のうらにわずかな凹凸も認められず
笹船は歩くよりも遅く流れていく
充溢する空気に皺を寄せてしまわないように
吐く息はガラス細工に似ている
周到に用意されたビーカーは
零れ落ちた水滴を集め

足元がぬかるむのを防ぐ
脳髄に打ち寄せる波は
波紋をトレースするように急き立てる
わたしは水を注意深く飲み込んだあとに
避けがたく寄ってしまった皺の尾根をなぞって
甘く流れだそうとする輪郭を堰き止める
その持続が繰り返されるごとに
銀色の線は細く伸びていく
描き出されていく曲線を眺めることは
再現されることのない線のひとつを
まばたきで捉えることでもある
刹那に睫毛は覆いかぶさって
線を不可思議に飾り立てる
描画されつづける点は真四角の箱を抜けて
新たな図形をかたちづくりはじめる

わたしは角をつま先で触り
その鋭利さを自らに宿す
辺と指は色のない指切りを交わし
それは紐で結び付けてしまうよりも
ずっと自由でしかしまったく離れがたい
芳醇な関係があたりに満ちると
点同士は更なる衝突を重ねて
内部の空間を広げていき
そのがらんどうがついには都市を覆い始めていることに
わたしはいちばんはじめに
気がつくことができる
静電気が流れるように右手の指は痺れて
その震えのなかに螺旋が見える
歪な多角形が目の前を飛んでいくと
ペーパーナイフは先端を斜めに尖らせて

琹をサイコロの展開図に切り裂く
拡大を続ける容れ物の隅を
凝視し続けることをやめない
ふと空中に浮かんだ点を逃さずに
掴んで食べていく
面が遠ざかっていくたびに
わたしという点は関係を結びがたくなり
薄くなる酸素のなかで
サインペンを求めて跳びはねる
まなざした隅がゆるむ瞬間は確かにあり
ほどけた点の間から漏れたわずかな明かりが
拡散してしまわないように
何度も思い返している

座標に脈拍を打つ

庭に舞い降りた小鳥たちが
再び飛び立つ軌跡を覚えるために見つめている空が
伸縮を繰り返して暁まで広がっている
昨日吹かれた砂はもはや同じ場所には存在しておらず
片方落とした手袋は見つかることがない
接点が零になるときの迷い子の
か細い呼び声を響かせて
残されたもう片方の手袋を勢いよく空に葬ると
渡り鳥の群れが頭上を横切り
予期を確かさへと移し替えていく

コバルトブルーのわらべうたが
わたしの街までやってくると
夕方の鐘が鳴りおえた後の寂寞が
右手の爪を一本ずつ引き剥がす
五を数えて壊れたペンチは
廃品回収車のなかに投げ込まれしかし
パンクした自転車のフレームと
ぶつかったはじめの音の破片が
グリッシーニみたいなかたちを成して
公園のシーソーの上に断固として横たわる
重心を定めない音の破片が揺れ動くたびに
わたししか知り得ない右手の鈍痛は増幅し
ぱちんと弾けたときにやっと
結晶となって浮かびあがるけれど
通りゆく街宣車に由来する

けたたましいスローガンに押し流されて
その行方はたちまち分からなくなってしまう
弾ける少し前の完全な球体を惜しむように
右手の人差し指をビーズの指輪でいろどると
すてき、と唇がひとりでに動く
耳を撫でる母音のｉはトライアングルの音に似て
左手の人差し指で三角形を描いてみる
その左手の運動もたちまちに思い出されるべきものとなり
わたしの心臓が三拍子を刻み続けていることだけが
ただ明瞭な輪郭を持っている

プラスティック・ジャングルで生き延びるには

かばんの染みから追憶が広がり
サンドイッチを食べた午後
レタスのかけらが風に吹き飛ばされて
アスファルトのうえを走った
踏切が開くのを待つ
あいだに日曜日の退屈を十本まとめて
踏みつけた、毛羽立った皮膚を掴んで持ち上げた
葉脈が透かすいのちが水を飲むのを急かして
喉に通り抜ける液体は
午前二時の海と同じ色をしていた

眼球と都市のあいだにプラスティックの板が
幾重も重ねられて、その板が増えるたびに
わたしの足の裏は地面から少しずつ引きはがされていった
手のひらのなかに街灯がともる頃
にきみと待ち合わせがしたかった
今ではシャボン玉のなかに浮かんで
三叉路を探して
散歩をする保育園児たちを眺めて
あの手押し車に乗ってみたかったな（わたしは幼稚園児だったから）
などと思って、十字路の数を数えて
カラーコーンを脳内で適切に配置して
歩道橋の上り下りの合計段数を予想して
ドミノ倒しになった自転車を次々と起こしてゆく人の
ゆっくりと歩を進める人が横断歩道を渡るのを守る人の

落ちているハンカチを縁石の上に載せる人の
倒れた人に声をかけるのをためらわない人の
背中に生えかけの羽を見た
ビルの間に草が伸びていた

わたしは東西南北を知らず
ラジオの周波数をうまく合わせられず
マスクがずれて正しい言葉が見つからない
二十世紀の尻尾に生まれ
二十一世紀に四則演算を訓練し、文字を覚え、美術に触れ、文学を読み、哲学を学び、ノー
トパソコンのキーボードを叩き続けて
詩あるいは免れ得ない死に向かって
ただ垂直に上昇するけれど
昇る太陽がまぶしいあまりに
すぐに地上に突き落とされてしまう

じたばたと四肢を揺れ動かして
地団駄を踏む、情けのなさを
きみは見なかったことにした

コートのポケットにペットボトルをねじ込んで
明け方にコンビニエンスストアまで歩いた
国道をまばらに走る車のうちの一台の
車体の赤が
きりきりと追い詰められて、しぶきを上げた
返り血を浴びたわたしのコートもまた
もともと赤かったのだった
歩くほどに赤の一部は濃さを増していった
ほとんど黒になってもまだ、コンビニエンスストアは遠かった
手近な人をつぎつぎと恋人にするきみの家には
コンビニエンスストアがすぐ近くにいくつもあった

便利さに見放されたわたしのコートに付着した血も
そろそろぱさぱさに乾いてきたころだ
顔を上げると太陽がすぐ目の前に
あって、皮膚がじわりと汗ばんだ
ふいに体温計をかざされて電子音が響いた
三十七度を超えていて足止めを食らった
水と血を交互に飲んで、平熱に戻し
歩を進めるけれど
コンビニエンスストアはいまだ遠くて
赤いコートは次第に重さを増して
ペットボトルの水はあとふた口分しか残っておらず
それもすべて道端の草にあげてしまって
途方に暮れて歩き続ける道すがら、背中に羽の生えた人が
新しいペットボトルをそっと手渡してくれた
開封したはじめのひと口を

目が合った野良猫にあげて
脱げた右足のバレエシューズを履きなおした

おにになる

ほおずきの頬をして走り回る
走る、走る、走って捕まっておにになる、走る
おにになるのをみんな嫌がっている
おにになるとみんなが逃げてひとりぼっちになってしまうから
おには逃げる人を掴まえてひとりぼっちのおににすることで
自分はおにではなくなって、みんなのもとに戻ることができる
おにになったわたしは誰かを掴まえないといけない
走る走る、逃げる人はみんなにこにこ笑っている
捕まらないのがうれしくてにこにこ笑っている

みんなが笑っているのはいいな
でもみんなって誰のことなんだろう

にこにこ笑うとわたしもみんなになれるのかもしれないと思って
口角を上げてみるけどみんなは逃げるからわたしはおにのままだった
沸騰寸前の血流が頭のてっぺんから噴き出してくる
目の前にスクリーンが下りてきて、上映を待っている
ポップコーンを買うために上り棒へ行く
高くそびえる鉄の棒に頬を押し当てるとアイスキャンディみたいだった、ポップコーンは
やっぱりいらない

古い白黒の映像が流れるとあたりはしんと静まり返り
慣用句みたいなロマンスのはじまりがわたしを待っている
髪をウェーブさせた女優の口角がきれいに上がるのを、口をぽかんとさせて見ている
接吻のときの手つきが、母親がハンバーグをこねるときに似ていると思う

エンディングロールが終わると黒くて静かで涼しい部屋を出なくてはいけない
やはり外は白くてうるさくて暑い
みんなは変わらず走り回っている
おにだったわたしがいなくなってしまったから代わりの人がおにになっている
おには誰でも良かったみたい

ほおずきの頬をして走り回る、みんなを見ている
なんだかわたし、すごくひとりぼっち、おにじゃないのに
声が、景色が、体温が、気温が、ひとつずつ遠くなっていく
わたしの手が、足が、輪郭が、ひとつずつ歪んでいく
かかとが地面から離れて、次につま先も離れると身体はふわりと軽くなる
わたしがあたりに溶けだして、広がり、滲んでいく
黒くて静かで涼しい部屋にまた放り出される
でも今度はスクリーンがなくて、色も音もない
と思ったのはわたしの早とちりである

黒をじっと眺めると光の粒粒があって
わたしに向かって微笑むように瞬いている
無音にじっと耳を凝らすと幽霊の衣擦れが聞こえて
遠い昔に流行った子守唄を歌っている
一人きりではあるけれどひとりぼっちではないみたい
わたしはひとつきりの身体の中に
スクリーンのない黒くて静かで涼しい部屋をひとつ持っている
その部屋にはスクリーンの光が、活字の音がわずかに反射して
わたしをいつでも迎え入れてくれる
おにから逃げているみんなもほんとうはひとりぼっちで
みんなの身体の中にもひとつずつ
スクリーンのない黒くて静かで涼しい部屋がある

誰かをおににしなくちゃいけないこの世界は
ときどきひどくこわくてさびしいから

ひとりぼっちになったときは一人きりの部屋の中で
かすかな光を見つめて頼りない声を聞くのがいい
部屋を出ると
映像と音と文字が派手に乱舞して出迎えてくれる
それらの踊りはかすかな光と頼りない声を増幅させながら
おにから華麗に身をかわし続けている

とうめいにされる

明け方の空に向かって大きく息を吐いても
意味もなく力も金もないわたし二十一歳、形だけある
喉が震えたさきに青々として開けた草原があって
浮遊する不定形の思考を形に移し替えたさきに月の光があって
身体を抜け出して太陽のほうまで上っていけることを信じて
わたし、やるせない四肢を携えて東京のコンクリートの上にいる
右手を上げると止まるのはタクシーで
左手を回すのはまわりの人に迷惑だからやめる
電線の下にはマンホールがあり、溝に蟻
蟻の巣を破壊したことのある人だけが一度で渡り切れる四車線の横断歩道がある街、わたし

の街、東京
道行く人たちに声をかけて歩みを止めてみたくて、ポケットティッシュを千個買っても、言葉はひとつも交わせなくて、ポケットティッシュは三百個余った
慢性鼻炎の友達の家に段ボールで送りつけようと思う
ネオンサインはいつもやさしいなんて嘘
息を切らして走り抜けると待ってくれている終電だけがやさしかった
渋谷のガードレールはベコベコで、高田馬場の路上には今日も吐瀉物がある
ニコラウス・クザーヌスのことを考えながら歩いていたら人にぶつかって怒られた、悪いのはわたしなのに涙が出てきた、こんなことをいつまで繰り返すのだろう
夜と夜のあいだにはため息が流れていて、朝と朝のあいだには鼻歌が響いている
電車に乗る私の前には三人のひとが並んで座っていました、女と男の間に小さい女、この三人組を安直に家族と呼ばないひとに幸福が訪れることを願っています、だけれどきっとホームセンターは出禁になると思います
日曜日の昼のフードコートのざわめきを、金曜日の夜のフレンチレストランの静けさと入れ替えて、ＴＰＯを踏みしだきたい

おにぎりの仮装をして平日の表参道を歩く、中身は梅干しです
腕を組んで並んで歩くあなたたち、いま、わたしを見なかったことにした

アンバランス・バランス

しぶきを上げてなにもかも始まっていく惑星でわたしたち息をする
古びたガラスの向こうでアイスコーヒーの氷が回るとわたしは
きみのことを不遜にも分かろうとしてひとつ小さな失敗をする
白くなっていく空には引っ掻いたような跡がいくつも見えて
うろ覚えのラジオ体操をする、 眼があっただけの人に機嫌よく挨拶をする

だらしのない口角が笑うたび紫色のかなしみがぼやけていくのを
食い止めるすべを未だに見つけられていないわたしは
歯磨きをしたあとで二階の窓から風船を
誰にも見つからなくていいように飛ばす、 ミントの匂いがベランダで弾ける

うだるように暑い日がこちらに向かって歩いてくるあいだにも
明滅するネオンは頼りなく揺れつづけている
わたしは確かさを求めて文字を読み
またそうすることは喪失と親しくなるための準備でもあるらしい
とようやく最近気がつきはじめている

夜更けに重低音の足音が響きわたるこんな街で
わたしたちが生き延びていく
古本に挟まっていた領収書を栞代わりにする
かつての持ち主が買い物をしたときのことを考える
野原で編んだシロツメクサの指輪は部屋のなかでドライフラワーになる
机の上に飲みかけの麦茶のペットボトルがひとつ
わたしはきみのことをよく知らない

真珠のまなざしがカフェオレみたいに混ざり合うと

明るい予感が胸を掠めて、しかしそんな瞬間にも
喪失はわたしのとなりにぴたりとくっついている
いずれ消失してしまうわたしはきみへ向かって
恐れをなさずに手を伸ばしている

かなしい紡錘体

いまだ触れることのできない紡錘体の突起が
空中で伸縮している、風が擦れて放たれていく音が
耳障りでやるせなくて、とくに何もするべきこともなくて
机のうえ、六角形の飲み口をしたグラスのなかで
ブルーライトの口笛をとじこめた丸い氷が
背中を丸めて親指の爪を切っている
逆さに吊るされた幸福はさかんに領土を主張する
電池の切れた電子辞書は胸のあたりにずんと重く
のしかかりわたしは、新鮮な寂寞を求めてさまよっては
都営地下鉄の路線図を広げて、その網目に透ける生活に

身震いをして引き返す、横断歩道の隙間にはリスが隠れている
箱ティッシュのとなりに消毒液がある
途切れ途切れにアスファルトの蚕から吐き出された糸は
懐中電灯の明かりを跳ね返しそのたびに強度を増して
ついに命綱への使用に適した糸になる、冬に生まれた赤ん坊はよく笑う
沸騰したお湯、ガスコンロの火を止めて
なんとなく点けていたテレビで流れるワイドショーの音に
耳を傾ける、真剣ぶった声色が耳元でぐるりと回って
胃液が喉の奥から溢れて仕方がなくて街へ駆けだす
すれ違った人はインゲンと人参とズッキーニの入った
ビニール袋を提げている
わたしたち季節のたびに姿を変えて
昨日見た夢を忘れて、喫茶店で唾を飛ばして明日の予定を話し合う
スーパーボールの単語は壁に跳ね返り窓ガラスを割って
行儀のよい風を連れてくる

盛んに挙手をする客はウェイターに当てられるたびに
模範解答を答え続けてそのせいで
口のなかの水分を奪われるらしく、水をたくさんおかわりしている
歩きはじめた幼児が鳴らす靴の裏の音は
透明の薔薇の高なりで連なって、明日は雨が降るみたい
鈍感な唇が開いては閉じてそれでも運動をやめなくて
乾いた喜びがあちらこちらでレジャーシートを広げている

息継ぎ

まつげが風にまたたいてきれい
祝福に揺れて踊る
暑さのおわりにわたしの波紋は同心円を描きだす
しんと深い溝がなめらかにあたりに広がっていく
もうそうするほかはないのだ、とでも言いたげに、円はごくスムーズな動きで拡大を続けている
すれ違う人のひとりもいない帰り道で、待っていてね、と猫じゃらしに挨拶をしたときに吐きだした空気のかたまり
がわたしの冷えた胸のあたりを包む
それはやさしさでもなんでもなくて、単なる気体の移動にすぎないのだ、ということがわた

しをひどく安心させる
サンタクロースが当たり前になって勘違いしてはいけない
飽和したやさしさはのどを締めつけたあとに、一番星であるホクロを奪い去っていってしまう

だからこの星ではやさしさは増えすぎないようにきちんと管理されている
わたしはその均衡のかけらを撫でて、川べりで拾った水晶のなかに閉じ込める
そういったものたちをすべて宝箱に入れてしまうので、もうわたしの宝箱はふたが閉まらないほどいっぱいになって溢れてしまっている
入りきらない水晶の輪郭をなぞったあとで前髪を指で整える
素足で踏み出したさきにガラスの破片は光を反射して、切れた足の親指から少し血が流れる
赤は小さな点をひとつだけ地面に残す
わたしはそこに、かつてお子様ランチのチキンライスのうえに立っていたという旗を立て、そのあとで足の親指に絆創膏を巻く
慌てて巻いた不器用で大きな円が指輪みたいだ、と思う
深い溝の対岸にも小さな旗がはためいている、誰が立てたものなのかはもう分からない

わたしはその旗の襞の並びが移り変わっていくのを見ている
汽笛が三度鳴る

夕方になる前

振り向くとあかるい街が瞼を閉じてくつろいでいる
いつでも引き返せる長い階段を数えて
しばらくこの段の上にとどまっていよう
熱い液体がわたしのなかを駆け巡って
昨晩紅茶を飲むために沸騰させた水の対流を思い出させたあとで
つま先まで辿りついて休息をとる
見下ろす海では水をかき分けた船がレースの模様をつくりだす

ひとかたまりの唾液を飲むと、さざ波がわたしのもとへもやってくる
沈黙、をやぶるはじめの一音を浜辺の貝殻のなかから探し出して

ポケットの奥の方へいれる、沈黙は波を数えるごとに伸びていく
背後にひっそりと佇んでいるささやかな欠落が
頭上を絶え間なく流れていく昔の風が
頬を撫でる夕方を知らせる町内放送の音が
目線の先を飛んでいくかもめの群れが
眼球をうるおわせる青が
混じりあってわたしは時間のない空に放り出される

くるりと一度だけ前回りをして反転した街が
アルバムみたいに肌に焼き付く
太陽が海に落ちていく、そのほんの少し前に間に合うように
大きく欠伸をして瞼がいまだに潤むのを確かめる
輪郭のぼやけた民家は煙を吸っては吐き出して
規則正しいリズムで生活を刻んでいる
わたしははじめての人にするみたいな角ばった挨拶を

ただひとりきりで唱えている

わたしの身体はパラシュートになり
空から再び地面に下りる
着地する瞬間、すこし右の足首が痛い
離れられない重さをひとつ持っている
往来を続ける船の滑らかな運動を見ていると
唾液に混ざった鉄の味がして左頬の内側が切れていることに気がつく
舌で切れ目を繰り返しなぞってそれにもいずれ飽きてしまって
誰もいなくならないで、と
呟いたことばが栞になって街は暮れていく

湯けむりのなかで

真珠の色をした空気がおりる、国道沿いでは天使が列をなしている
山肌に古い観光旅行を記念して撮影されたフィルムが流れて、わたしはすっかりきみのこと
を知ってしまったような気分になっている
退色した看板を写真におさめて、メランコリーをとじこめたように思うわたしたちの安易さ
を、くずれおちそうな建物の窓枠だけが見ている
ほんとうはなにもかも知らないのだ、と大きな声を上げながら商店街を歩く人のことをかっ
こいいと思う、パジャマのままでパイプを吸っている
街じゅうの人に餌をもらっている太った猫が恋におちて、自転車のかごに乗せられて散歩を
している黒猫に頬を寄せる
近づいては離れる、ふたつの獣を見ているわたしたちはわたしたちの恋のことをすっかり忘

れてしまって、深夜三時に食べるソフトクリームみたいな気持ちになっている
トイプードルを三匹連れたおじさんが難儀そうに散歩をしている昼過ぎの、天国の空の色のことを考える
煙がたなびいて高く上っている
そんなときにくしゃみが出る、鼻水をTシャツの袖で拭う
わたしたちの安らかさを分け合って手をつないでいるふたりを自動車が追い越していく、ナンバープレートの四つの数字を足したり引いたり掛けたり割ったりして十を作る
エンジンの音が響いて、さびしさとうつくしさを珈琲と牛乳みたいに混ぜていく
わたしはくだらない話を思いついてすぐに側溝に捨ててしまう
しゃがむと道端の花と目が合って、思わず目を伏せ何も言えなくなってしまう二十二歳のいちにちをしずかに過ごす
旅人のまなざしはペールトーンの海と混ざり合って、海岸沿いの草の生えた道をどこまでも歩いて行けそうに思う

さようなら、切断されていく音声たちよ
明日を惜しむように足の裏の硬さを確かめるわたしたちは、きっといつかはフェリーに乗って、この寂寞のなかを生まれた年まで渡っていけるのだろう
海の向こうで明かりが点滅してわたしは本の頁を熱心に数えている
波は小さな失敗を重ねて、わたしたちの囁きと怒鳴り声をこの街に編み込んでいく
忘れない星の足跡が踏みしだかれて消えていく
わたしはそのすこやかさをスノードームにして守りたいと思う
オレンジジュースの甘さが喉の奥からこみあげて、炭酸水で流し込む
はじけていく残像たちは手を取り合って微笑みを交わしている
わたしはブランコで風を切って、この街が一番栄えていた頃のことを思い出そうとしている

隔てられている

早退をした日、昼間の太陽がまぶしい
電車の窓からの景色は帰り道にしては青すぎる
何かを読む気分にもなれなくて
ただ目を瞑って座席の下の車輪が進むのを待っている
何も、しなくても、よいことを許された昼間に
車窓の青は燦々と身体にそそぐ
青は瞼の奥へと通り抜けて、一人暮らしのひとのための
家をいくつも建てていく
うなる重機の音のなかに歓声も奇声も罵声もまみれて
一度座るとすぐには立ち上がることが出来ない、ふっかりとした椅子みたいな雑音になる

ひしめく音に包まれて眠る
まだわたしが産まれていない頃のことを思い出そうとして
頭のてっぺんで白い光がプランクトンみたいに揺れている
わたし、と清潔さを装って発声することを覚えたころから
その声帯は塵を被り、頬は泥を塗られていく
内臓にくるまれているあいだだけ
わたしはその汚れのことをすっかり忘れてしまえるようになる
そうしているうちにも毛羽立っていくマフラーは
電車が最寄りの駅に着いたことを教えてくれる

改札へ続く階段を降りるあいだにわたしのコートの袖は、今日どこへ行ってきたのかも知らない、何人かのコートの袖と擦れあう
わたしはのろのろと駅併設のショッピングモールの地下のスーパーへと進む
平日昼過ぎのスーパーには土のついた野菜を洗い、切って、調理するための空白がきちんと

残されている
日頃空白を埋めるようにして固有名詞を追い続けているわたしは
手押し車から離された右手が掴む、ほうれん草を
小物を豹柄で固めた女が持つカゴに、二つ積まれるプルコギ丼を
席替えのくじ引きでバレないズルをした小学生みたいな気持ちになって見ている
アスパラガスはビニールテープでぐるりと束にされて窮屈そうに身を寄せ合う
蛍光灯に照らされたその頭たちの、高潔さを誇らない神聖さよ
野菜たちをぐるりと見渡してもやはりだるくて
料理のする気の起きないわたしは
助六寿司を一つ手に取って会計へと進む
その歩幅を目ではかりとろう、と試みる

系譜

身を横たえるために
選んだ（あるいは選ばなかった）家へと
帰っていく大人（または子供）たちをひと駅ごとに見送る
いくつもの住宅の明かりが目の前を流れるのでわたしは
選ばなかった分岐を逆向きに泳いでいって
昨日とは違う家に、ただいま、とごく当たり前に帰宅することを思う
そのとき、その家のリビングに電気が点いているか、いないのかは
わたしが決めることができる、と信じていたい

机の上にはバナナが三つ、林檎が二つ、蜜柑が四つあって

冷蔵庫のなかには一昨日煮た蒟蒻と半分残った無糖ヨーグルトが入っている
わたしはヨーグルトの容器に直接スプーンを突っ込んで食べる
蜂蜜があったことを途中で思い出してスプーン二杯分くらいかける
お腹がある程度満たされたあと、歯磨きをして
畳の上に敷きっぱなしの布団に滑りこむのだ
Xのいびきがうるさい
Yは外泊のため今日は帰ってこないようだ
ZであるわたしはXを起こしてしまわないようにイヤホンをして
今朝の電車のなかで聞いていたアルバムを再生する
Yから帰宅したかどうかを確認する連絡が入る
ZはYを安心させるために、帰ったよ、と返事をする
Xのいびきは相変わらずうるさい
同じ家で暮らしているのにZはXのことがあまり好きではない
天上に吊るされた電球からは水色の糸が降りてきて
Zの身体にまとわりつく

Zはそれをしっかりと眠るために用意された安らかさだと思っている
わたしはその安らかさを一蹴するつもりもないが
一方でやはり、まとわりつく糸は窮屈だと思う
ほどいた糸を辿って吊革を掴む
窓には父とよく似た顔のわたしが映っている

空席の目立ちはじめた車内の椅子に座って
文庫本を開きはじめるが、ときどき瞼が下りる
視界を閉じることに少しも緊張感がないのは
ただ、この場所に慣らされているからである

マルタ空港からわたしへ

アムステルダム行きの飛行機が遅延する
わたしは手荷物検査を終えて長らく出発を待っている
誰かがストリートピアノを演奏しながら歌いはじめる
低い歌声が様々な国の言語とともに耳になだれ込んでくる
習慣から引き剥がされていく
誰のためでもない口笛を鳴らしてペットボトルの水を飲む
わたしがいまだ訪れたことのない国からやってきた
という人が話しかけてくれる

背後から日本語が聞こえてくる

拙い英語で会話を続けながらもはっきりとした輪郭でやってくる日本語が
観光と書かれた付箋をわたしの額に貼りつけて去っていき
しかし、額を少しも傷つけたりはしない
安全を守る、貴重品を入れた荷物を腹に抱えて守る（滑稽）
大地を削り取らない爪と空間の温度を変えない唇が渇いて
身体をますます軽くしていく、ほんとうはぬかるみに足跡を残したい

七時二〇分マルタ発、一〇時四〇分アムステルダム着
七時間遅れて十四時マルタ発になる
搭乗ゲートがやっと知らされるころになり掲示板のまえにわらわらと人が集まりだす
ゲート１と表示が出て歓声が上がる
オランダのパスポートを携えた人どうしが短い言葉を交わし合う
モーリシャス島からやってきたという家族連れが話しかけてくれる
わたしは微笑むことを覚える
わたしのことは忘れてください

わたしのことは忘れてください
でも飛行機に預け入れた手荷物を最終目的地のコペンハーゲンまで届けることは忘れないでください

アムステルダムで乗り継ぎを済ませて深夜〇時にコペンハーゲンに着く
荷物受け取り場所にてぐるぐると回るスーツケースを三周分眺めるが、わたしのスーツケースは出てこない
荷物カウンターへと向かって、短いやりとりを交わしたあとに
わたしのスーツケースはアムステルダムに取り残されているということが分かる
荷物を諦めてホテル周辺までのタクシーに乗る
三月の夜はひりひりと冷たく、街の灯りはリボン結びのように祝祭にとどめを刺す
空洞が冷えた気道を駆けめぐる
タクシーを降りたのち、セブンイレブンで生理用ナプキンを買う
コペンハーゲンのナプキンはざらざらと薄い
スーツケースに入っている布団のようにふっかりとしたナプキンのことを惜しむ

ホテルへと歩いて向かう道すがら、髪の毛に付着するジェルを
次第にとおざかっていく関係みたいに指で拭いとる
わたしの居場所を教えてくれるのはＧＰＳだけであって、わたしはそれにひどく安心をして
いる

鋏と三つ編み

降る、降りつもっていく古い関係を右手の人差し指でなぞって
読みさしの文庫本は栞を挟んでから本棚にしまうことにする
夜が更けて窓を開けるとあたらしい風がわたしを襲って
話を聞いていなかったときの教室で先生にあてられたときの気持ちを思い出す
教室の中心は教卓、もしくはいちばん話が盛り上がっているグループの席の周辺にあって
でもこの四角い空間を成り立たせているのは誰にも顧みられていない天井と床の四隅なの
だ、と
天井の右隅を見つめながら本気で考えていたころの
わたしの髪の毛は固く三つ編みに編まれて、ふたつに分けて垂らされていた（下にはリボン
が結ばれていた）

三つ編みのまま眠るの？　と隣の席の男の子に聞かれて
そんなわけないじゃん、と思ったけれど
言葉に出してみないと何もかも分かり合えないから
髪の毛は結ばずに眠っている、と笑わずに答えたのだった
いまのわたしの髪の毛は肩に付かないくらいでぱつんと切られている
もう八年くらいこの髪型を続けているのでそれだけのあいだ
三つ編みを編んでいないということになる
あのまま三つ編みを編み続けていたのなら
わたしの髪の毛はいまごろ地中深くまで下りていって
それから土の中をいびつに曲がりながら進んでいって
思いもよらないところに根を張りめぐらせて
高く伸びていき地上に草を生やしたかもしれない
草はわたしの現在地とは異なる風向きの風をいっぱいに浴びて
そうしたならわたしも簡単には飛び越えられないほどの隔たりがある人のもとへ
転んで膝を擦りむく、もしくは打ちどころが悪くて骨を折るようなことを恐れずに

飛び越えようと大きく両足を踏み切ることができたのかもしれない
唇あたりの高さで跳ねあがって頬にくすぐったく触る髪の毛は
最後はひとりきりで死ぬのだ、という事実を受け入れざるをえないような孤独
あるいはいちどは近づいた誰かがはるか遠ざかっていき、もうけしてその距離はもとには戻
らないのだ、と悟るときの冷たさ
を了解するだけの強さを与えてくれたけれど
言葉をじゅうぶんに贈りあえば誰とでも同じ歩幅で歩いていけると
確信をもって思うことはできなくさせたのだった
わたしは人と人とのあいだに言葉が交わされるすこし前の空白の
オレンジ色の緩やかさのなかにからだを溶かし
黒く深い溝に落ちこむ心づもりを
はじめて訪れる街を歩くくらいの速度で進めていく

インカレポエトリ叢書XXIII

鋏と三つ編み

二〇二三年九月三〇日　発行

著　者　川窪 亜都
発行者　後藤 聖子
発行所　七 月 堂
〒一五四―〇〇二一　東京都世田谷区豪徳寺一―二―七
電　話　〇三―六八〇四―四七八八
FAX　〇三―六八〇四―四七八七
印刷　タイヨー美術印刷
製本　あいずみ製本所

Hasamito mitsuami

ISBN978-4-87944-552-0　C0092